Born with Sanskrit

The Introduction to Innovation

婴儿的梵音

王 雷 / 著

Born with Sanskrit

The Introduction to Innovation

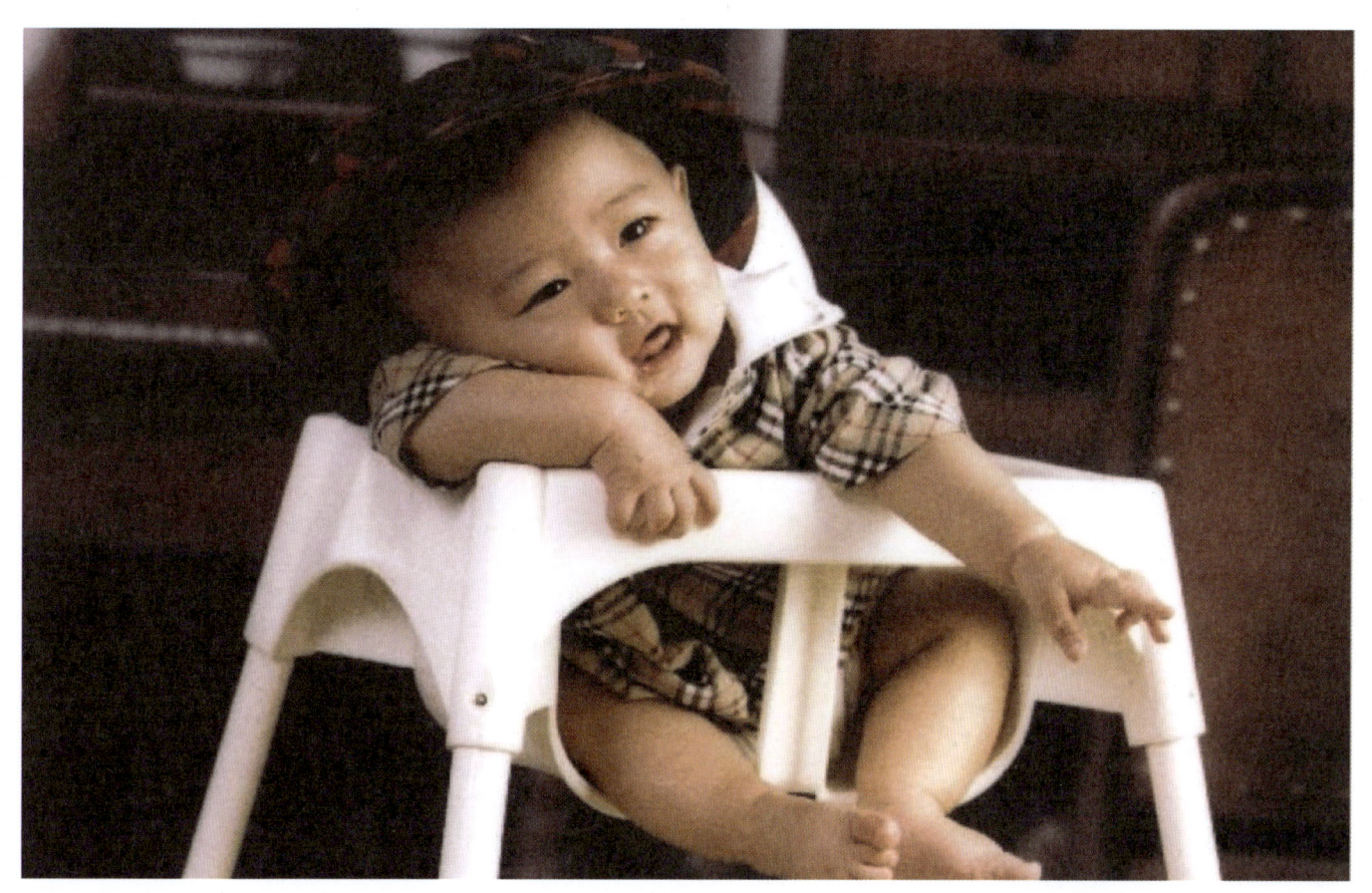

中国戏剧出版社

目 录

水墨江南

弱水莲心	6
江南梦晓	8
夕阳的樱花，还会盛开	13
四季融融的君子茶	18
草木韶华	20
梦锁江南	22
江南掷情	25
魂迷江南	26
前方江湖	29
自成气象	31

满脸雀斑的江南小镇

小镇，是繁体的江南	38
时光的箭，射得心墙斑驳淋漓	49

莲叶名片

水，是智者的乐园	54
你，坐在一个名字上默默荡漾	56
一朵，凌霄花的情思	57
如果你累了，我就把诗歌的音量，调大一点	57
爱的箴言	59

江南水韵

谁是谁的尘埃，谁念谁的水乡？	62
在江南，我也变成了一根修竹	65
花枝乱颤的理由	66
月光花，在枕下	72
水月亮	75

天凉，网络秋	75
绿的悲悯	77
前世的高山流水	79
枫叶出嫁的季节	82
云上诗情	85
菊花残，南山伤	89

江南物语

亭亭玉立的灵感	95
我是这样时时游荡在江南	96
小草颂	99
朴素的民谣	103
平凡的心曲	106
桃花的使命	110
你是六月，我是六日	113
跟在一朵花的后面	114
小雨，我背着你	118
给月光，理发	120
为你而来	122
梦如雪，发泣露，天使在人间	130
江南穿越	132
小草，是江南的软件	133
乌篷船，是始终不肯上岸的绍兴醉汉	136
孤独，是纯净的……	136
花无梦 泪伴雨	140

江南，石头和酒

一块石头的愿望	143
醉在，女儿红	149
说不尽的江南	150
走向翅膀，走向风	154
横平竖直的爱情	157
天边的绿荫	161
心连心	162

婴眼看世界，大千尽玄机

水 墨 江 南

The Picturesque Yangtze Delta
CHINA

最美，是江南

Sorrow is hushed into peace in my heart   like the evening among the silent trees.

Tagore

忧愁在我心中沉寂平静,正如黄昏在寂静的林中
泰戈尔

荷花，莲叶，而水珠就是她们透明的心语……

弱水莲心

停泊在你的弱水,粉嫩着你的梵音
湿润,你雨点连绵的
间隙

蛙声中,喊出的春宵
依然静谧

每一次,荷叶的
抬头;每一瓣,绝句的
弯腰

都让大小不一的露珠
欲走还留
欲走还留,一千次犹豫不决的
忧郁

如果,雪花能够翻越三月的
红墙;如果,弯月
能够切割
浑圆的忧伤。

何不,在一片雀斑里,放飞
成群的锦鳞?
何必,怀疑握拳的小荷,也能栖息
倦航的童话?

夜空下,你的身影是一盏
亭亭的莲灯
所有的星星,向你飞来……

焜：栖鸟

棣：鱼·塘

江南梦晓

软语一吹
江南，就换上新的封面

打坐千年的山，飘渺百代的云
结成了伉俪
不复在意彼此的
学历或肤色

桃花，总是在三月，举办
集体婚礼

越来越迷途的清明，开始私下寻找
牧童的嫡系后裔
穿蓑衣戴斗笠的越剧，摇着乌篷船而来
缓缓驶进
早产的夜色。

一朵朵昙花，开了又谢，仿佛
处柳的羞涩
静静地扫过了，同里、周庄

梅雨，一排排的白竹林
像腰缠浪花的少女
在风中舞蹈

打雷的时候，雨点
会不小心地，躲到
你的名字里

就像乌云的使者，偶尔
栖息在樟叶的双肩
静静筑巢

▶▶▶

夕阳的樱花，还会盛开

爱，与美同在

Cherry Blossoms of the Sunset, Will Blooming Again

Love, Ls There with the Aesthetic Beauty

如果能使一颗心免于忧伤，请你记住，
那些夕阳的樱花还会盛开；
当蓝色的火焰燃烧你的眼睛，
无情的黑夜覆盖你婴儿的笑容。

请你记住，森林深处，
还会走来一曲赤足的歌声；
乡间的麦芒上，还会有风，
把她尖锐的痛苦抚摩，还会，
有梦的蝴蝶落上翩翩舞蹈。

请你记住，最小的花儿，
也会有蜜蜂献上她的祝福；
那些，戴草帽的园丁，
还会细心修理她不经意的烦恼。

当露珠心碎的那一刹那，黄土，
还会把他沧桑的手掌摊开；
那些失恋的柳絮儿，还会，
有鱼的游艇把友情穿梭。

请你记住，黎明的宫殿，
依然五彩缤纷，昏厥的知更鸟，
有无数的诗歌鸟巢等她下榻。
冰冻的蓝眼睛，依旧有亲吻，
让她的绝望一一复明……

品 茗 人 生

四季融融的君子茶

切下时光的一角，撕几片鸟鸣
佐以天然泉水的伴奏
沏上芳香的往事
一段佳话，就此开始起航

地很老，仿佛来自远古的远古
神农，以茶去除体内的百草之毒
终于分娩的黄帝之母——附宝
摘下一片
吉祥的绿叶为子命名

天难荒，那是一条四季流淌的小溪
一杯重温旧梦的晚霞或夜色
有昔日的辛酸或泪水
更多的是绵绵的回忆与回味

三口一品
品茶，品人，品岁月
青春如酒我不酌
高山流水觅知音

抚琴一曲
有星光落下，孤鹜忘飞
轻歌一阕
惹荷花溅泪，秋菊失色

漫漫红尘，螺旋人生
我们煮一壶冷漠
暖彼此霜花

朋友，远道而来
歇一歇脚吧
这里，有新储藏的春天
这里，有你望不穿的秋水

君子之交淡如茶兮——
每一口，都有你……

草木韶华

浮生一片草,君来始敢老……

寒冷退潮,从树叶里醒来的小令
思绪缤纷。漫天星光,注视着
春天日渐隆起的羞涩

一条失眠的河流,找不到
回家的路。要允许梦的海洋,有
木栈桥,托起全身乏力的黄昏

透明的情,蔚蓝的意,总和
当初的月光藕断丝连
银河独自喘息。火焰,用热情
拯救自己……

梦 锁 江 南

江南，是一朵花儿……

被镶嵌在水的镜框中。
破土而出的雨季，带着往事的泥泞，漫步在散着丁香的小巷上。
蔷薇的婴儿，从四月开始，就坐立不安。
总有一种胭脂，让你流连忘返！

抱着，乌镇的枕头入睡。脚趾，会不小心伸进西塘的闺房。
卧榻之侧，周庄鼾声如雷……
勿须腰缠万贯，这里是翡翠的天堂，祖母绿的故里。
红宝石，我说的是梅花，可以为你生儿育女……

断桥，残雪，在蝉鸣中融化。苏堤，白堤，向唐诗宋词中延伸……
一把油纸伞，遮住西泠的童话！
苏小小，在游客的眼中，走来走去……
法海，倒了。白娘子，衣袂飘飞。许仙，温情地搀扶她，重寻故地。

水太多了。江南，只好在乌篷船上漂来漂去……
一只大闸蟹，勾住你东张西望的舌尖！
太湖，阳澄湖，湖湖如镜；孤山，会稽山，山山似画……
女儿红？不要，重色轻友。还有状元红，都等着你金榜题名，洞房花烛……

江南哪，江南！怎一个"美"字了得？

江 南 掷 情

摇晃的词根，日日嫩芽。
满庭芳。我要说的，不是在深宅里，四合庭院中。
是在沈园，在曲苑流觞，在婉约的笔下，花团锦簇，风情万种。

江南，四季绽放。
而我，是一只庄周羽化的彩蝶，是小九妹转世的白鸥，翩然于青山绿水的画卷之上。
江南，是一朵油菜花？一朵风荷？抑或，一朵月亮花？都不重要！
总之，风黏着她，雨缠着她，吴侬软语哄着她……
暗香浮动的夜晚，露珠在她的腮边滚动。
淡茶一盏，好友二三，一只小舟穿越石拱桥的耳环……

月朦胧，鸟也朦胧。
剡溪九曲，武岭蜿蜒；
三门临水，东海扬波。
红药，兀自在二十四桥明月夜下，做着春梦；
蓝皮的线装书，等待纤纤玉指，翻阅它无言的心事。
莲叶田田，盖住那些着火的浪花，蓝至出轨的江水！

在江南，飞得最低的蜻蜓，也会不心落在小荷的发髻上。
江南的踝边，依旧有西施，在浣纱濯足；
江南的岛上，仍然是渔家姑娘，为你烹饪微笑！
在江南，我脱缰的马，无端地停不下来。
江南，我回不去了……

魂迷江南

春风，抄袭了江南

小雨，修长的手指
抚慰着
遥远的抛弃

三月，惊险地度过
每一次
富裕的失眠

梅花，不再自言自语
一只大雁，
轻轻飞出
心中的曲折

蒹葭，对孔丘点头致意
清明和《离骚》
被艾叶，反复包裹……

前方江湖

不是，一滴水就能印证的风景
或许还有，温香软玉的浪花
风起的时候
要记得
楚腰的芦苇，犹在望尽千帆
雨等你一晚，谁在泪眼中辗转

生死有何恋
狼毫的纤笔，抛向从前
倚天的宝剑，急欲冲霄而出
不平事，弯向初红的霜刃
草木皆兵，步步惊心
悬崖勒马，大漠飞缨
多情的少年
在你的笑容里，纵横驰骋

自 成 气 象

既不婉约，也不豪放。
只留一沟乳香，飘着淡淡的南方。
绕道时间的背后，你穿起唐朝的风，翩翩独舞。
烟雨连绵的眉梢，滴下纯净的梦想，铺好婚床的西湖或如泣如歌的惚恍。
把蝴蝶唤来充作书童，你俨然就是，再世的梁山伯抑或惜春的英台。
在竹林里，拂起古筝，高山流水。
十里长亭，一步一步，不忍放开菊花的手。
月光的姐姐，桂花的相册，每一页都泪汪汪，每一行都如此娴静。
挥着乌云的手绢，绾着宋朝的发髻，有小小的魏晋风骨，有数不尽的莲香荷露。
秋叶，落在你的寂寞里；我，落在秋叶里。
江南，正在你的井口，发出独特的声响。

满 脸 雀 斑 的 江 南 小 镇

A Small Town with Freckles

Unforgettable Vicissitudes of Life

古铜色的沧桑时光

小镇，是繁体的江南

（一）

小镇，是繁体的江南。
秦时的明月，汉代的笔画，都在她的浊目中，不时闪现。
像一个裹着小脚的老太太。
小桥，是她的慈眉；流水，是她的善目。
依稀，有小山村里的奶奶或外祖母的影子。
水上的木板房，仿佛是她晃动的牙齿，亦或颤巍巍的岁月。
当你扶着她，走过青石板的弄堂，抚摸着两侧墙壁上林立的老人斑。
你或许应该庆幸，她身子的健朗。
小镇，你还好么？
她，不作声，只是用木质的皱纹，静静地看着你。

这里的路，是由水做成的，车也没有轮子，方向盘是手扶的。
想休息时，就在昭明太子读书处的石坊，靠一靠。
偶尔，还会有唐朝银杏的叶子，飘落你的肩头，做客。
从太湖南岸登陆的风，总是好奇的。
它反复地打量，酒家鬓边斜插的或随意悬挂的，
破旧的、蓝布酒旗。
三白酒，让你找不到回家的路
一串串红灯笼，垂成画中的糖葫芦。

乘着一阵蒙蒙细雨，你会即刻驶入一种微醺的迷离幻境。
此时的小镇，异常柔弱而纤细，比雨更温柔。
逢源双桥，正是传说的源头。
那些，高高悬起的蓝印花布，如有待拉开的帷幕。
会有一把油纸伞，遮着半面、纯真的羞涩，缓缓走来么？

一切都放下了。
我，何必存在于一切之外。
南塘桥，只是一个句号。
像被时光删掉的朝代一样，谁不是被她，一笔一笔删掉的过客？
白云看我，我看行人，行人在看星星。
星星问：年华已逝水，水中的爱恋，会长久么？

（二）

小镇深秋，空气良，气温18-23℃。
白天短袖，晚上革履。
有的地方微寒习习，还有的地方，两个人各自钓寒江雪。

◆

在寂寞轨道滑行的雨，来往于土地、湖泊。
像日记中游动的金鱼，感恩白纸的包容，
清炒着黑暗的墨汁，还有隐身的月华。
是谁放出圈养的孤独？
我在酒杯的谦虚里吟，
在小溪的眉间里吟，
在火星的自语里，
一字字地吟。

◆

你躺在地上，而影子站得笔直。
一个人走在清冷的小巷，你是，温暖的第三者。
雾气，充当城管的市容——
模糊的，打理清晰，
一幢别墅，需要验证码。
一滴酸楚，却喜欢自产自销。
一个梦，在阳光下，打湿了路过的风景。

◆

阁楼上，看你。
阁楼上，赏槐花的赤脚。
阁楼上，涌千里的白浪。

每一个吻过额头的音符，
都有刹那的缘分。
我要研究缺乏斗拱的独特脉络，
让一朵花盏的灯笼，照亮时间的狂流。

（二）

◆ ◆

哦，河西镇的夕阳。
你，需要火一样的献辞，
需要衣衫褴褛的森林，去寻找彳亍的骊歌。
要记得，海边的沙滩上散乱着
我们结晶的约定。
哪怕，
发芽的标点，隔断紧握的默契。
匍匐在路上的灯光，
会把它袖口的青烟送到，
离你最近的帆船。

◆ ◆

叹息，是一个石块。
遗憾也是。沉默更是。
大海不能轻易回头。
杜鹃花代替了樟花，为秋天站岗。
诗行里的布谷鸟，
站在高低音的
交替中，舒展着翅膀。
喝过了红酒的乌桕树，斜倚着一面老墙
的双肩，喃喃自语。
我，听不到。
我，迷乱。

（三）

雨，不停地打电话，云应接不暇。
秋风，在李清照的蜗居，炼词造句，香汗淋漓。

◆

只给你，褪色的风。
只给你，守夜的筷子。
只给你，含有沙子的纬度。

落水的梦，被快速保存。
她，抱紧小小的竹排，
漂浮在自己
急速的冲动之中。

◆

雨点，击碎桐叶的心脏。
渗出，一滴滴
屋漏的黄昏。山水飘摇，
早起的灵感，容易被鸟吃掉。

炊烟，自两指间的炉灶
升起。起茧的掌纹，
依稀反光，
乡愁凉拌的模样。

◆

徒步了三天的雨，需要
靠一靠彩虹的肩膀。
新鲜的来生，似乎还在
转山转水。
青石板——铺向，
哑然失笑的角落。

每一张捕捉晨光的网，都病着。
有人，在给沙丘写信；
有人，在与灰尘谈心；
还有的人，准备潜入
桃花的裙底。

时光的箭,射得心墙斑驳淋漓

此刻,需要雪的丈夫,阻止
一朵雪莲花的更衣。需要,
景观失忆的水,不厌倦
鱼和海藻的晃动。
是谁,拔去冬雨的羽毛?
让妩媚的嫩芽,惊慌失措。

落日,似一个圆圆的悬念,砸入
群山的口中。火烧云,坐享
片刻的辉煌。
季节,一直在磨刀。
星星的箭矢,总是射中仰望者的喉咙。
成群的蝴蝶,在银杏的痛苦中起舞。

▶▶▶

莲 叶 名 片

Lotus Name Card

CHINA

四季，常芬

水，是智者的乐园

水，是智者的乐园。
她，是黑暗中凝视你的眼睛。
当一朵浪花追逐着另一朵浪花，嬉戏；鳙鱼，枕着鲫鱼的鼾声入睡；
100米高的彩色喷泉，开始大闹天宫，落下无数花容失色的仙女和尖叫。
渡船一起，心情就漂起来。
此刻，像一匹野马，在碧波的草原上穿梭。
舵手熟练，马缰松弛。
渔火，琳琅满目。
江山如画和历史的点滴，尽涌眼底。
摄像机，偷窥着欢声笑语；受惊的水中居民，寻觅新的栖居地。
小桥，面无表情地让路，不限号的画舫。
湘湖的夜，容易让人失眠。

你，坐在一个名字上默默荡漾

和阳光，在一起

彼此，举案齐眉
相敬如宾

是，谁的话语
穿透，心灵的窗帘？

街道，不再
莫名其妙地忧伤

流浪的灯火，忘记
徐娘半老

漫天的红霞，在
记忆中滑雪

同窗的往事，互相
拥抱着休息

弹指，三十年
热浪依旧

前途漫漫，素手相牵

平静的沙滩，会
珍藏，我们拾贝的笑容

一朵，凌霄花的情思

她骨子里收藏着闪电的CT
她天生是小满的闹钟
油油的招手又漫不经心地
保持着一个康桥的距离
她是江南的点缀
朦胧间，穿越成红梅的闺蜜
披着雪花
在一片荒芜中独行
她用等待编织着水晶的千千结
让沉默的清纯滔滔不绝

如果你累了，我就把诗歌的音量，调大一点

让那些一片片飘落的、雪白的微笑，覆盖你，有点寒冷的眼神。
不要，再和隔夜的月光长谈了；记忆的水声，
已把我的无眠洗得，眉清目秀。
十二月，风掠过，由炊烟编织的楹联，谁在梅花的裙下旋舞？
如果你累了，就在童话的岸边，歇一歇吧！
那里，有，婴儿纯真亲吻的倒影
……

▶▶▶

爱的箴言

爱,你的脚步是
如此之轻
却可以敲开,最沉重的
心门

那些,祝福我的人
我会在
幸福的前方,等她

爱,你的脚步停止了
仍,会长成一颗
相思树

任,记忆采撷!

江 南 水 韵

―――

The Water Rhyme of Jiangnan

Linger in March. Love is Difficult

绕梁三月，情曲难绝

谁是谁的尘埃，谁念谁的水乡？

匍匐，在青石上的缘
听见，瀑布问候
确信，有雪白的血液和心酸
可以，被风吹扬
不必借助温泉或野草
小溪悠扬，一片朦胧笼罩幽谷佳人

水面波动的往事，和赤足的山泉
彼此凝视，回应彼此眼中清澈的童话
天使，不一定要有翅膀
清脆的袖口，柔软山的坚强
三三两两，早退的不是寂寞的黄昏
便是夕阳

淡淡的
把自己调成水
蘸着黑体的墨汁
写出，隶书般一波三折的心情
明天的味道，今宵如何能逼真地体验？

缘分，静悄悄生长
一克拉的重量，也让幸福沉甸
喜欢，并不在意自己吐露的是普通话或方
言
就像终于破土的婴儿
只沿着，绿色的希望生长

63

在江南，我也变成了一根修竹

在江南，我也变成了一根修竹。
有着翠挺的腰身，茂盛着狭披针形的叶子。
朦胧中，氤氲着七贤的气象。

听风说话，学泉水走路。
在三生缘前，寻觅自己失落的明天。
心情轻松得，像要行房的喜鹊。

用久违的微笑，推开木格窗。
扑面而来的是，一群淘气的鸟鸣。
一只葫芦，用手羞涩地捂住自己的脸。
一朵黄花儿，端起了相机。

灵隐寺的门，为蝴蝶和蚂蚱敞开着。
竹风，无心地疏散着炊烟。
钱塘江，是透明的腰带。
天鹅，很繁忙，热情款待远方的客人。

竹林里，飘出广陵散。
泉水中，流淌着春夏秋。
冬天呢？冬天的眉梢，挂满了银条……
跟老奶奶，学一学，行将失传的纺线吧！
小心，刚出鏊的煎饼，烫伤了你的馋虫。
还记得，新四军脚下的一针一线么？

敲门声响起。归来的，却是在外求学的游子。
依稀，有点变声的乡音。
依稀，慈母牙齿残缺的皱纹。

花 枝 乱 颤 的 理 由

欲语还休,不道天凉好个秋

―――――

The Reason of a Girl's Laughter

Keeping Silent while One is about to Say

木槿花
站在六月的门口

陶令的悠然,与飞鸟
忽远忽近

潮声响起,拱桥和柳枝
魂不守舍
一艘小船,划破了
多少无奈

罗衾抖破了五更,江山
无处回眸
独留梦里客,半晌贪欢……

月 光 花，在 枕 下

伴君，同入梦

Moonlight Flower is under the Pillow

June, With the Same Dream Aside

仿佛，故乡是月亮的
一个牵挂

江南，逃进了夏天
梅雨尾随而至

湖水素描出，倒立的
山川
一群浪花，在江上
觥筹交错

早朝的鸟鸣，唤醒
东方欲晓的
背影

出浴的向日葵，沉默
转向
衣衫不整的阳光……

▶▶▶

水 月 亮

隔着分杈的日子，看你
数星光归巢，乌鹊集体出轨
离愁，膀大腰圆

在梦上飞翔，初见棱角分明
两只微颤的手，不经意地碰触
让赤道分居

双唇上的火花，燃烧空白
西楼的心事，挂在云角，泊向眉梢
泪水苍茫
只为瞳仁中片刻的停留……

天凉，网络秋

群山抱走夕阳。孤鹜
掠过空荡的邮箱，时间
仿佛是酸的

落叶，拼命为秋风点赞
石榴紧抱着，超生的
秘密

九月，轻易就被桂花
俘虏。不安的菊花
试图，绕开陶渊明的诗句
散步

满头白发的芦荻，不再等候
……

绿的悲悯

三月,慢不下来
它,要赶着与四月相会
一提到桃花,春风就笑了
紫荆花,把每件旗袍
又试了一遍
细雨,在想念一个人
她没有来生
月光冰凉的手,抚摸
窗户的影子
昨天始终,在绿茶中浮沉
不管,你多么美
都无法,让我入睡
一朵浮萍,展开翅膀搂住
睫毛滑落的
珠帘

前世的高山流水

一段葫芦形的时光从钱塘江溜走,萧山的眼睛就亮了。
当樱桃小口,喊出了三尺清澈,一个羞答答的世外桃源,正倚梅而嗅。
不要试图从菊花山上,爬出陶渊明的秋天。
我坚信,人类的美来自创造。
正像雷诺兹所说:艺术使自然更完美。
此刻,风不需要早起,黄昏坐在地上沉默不语;
九月出生的桂花,依然保持对秋天强大的话语权。
一颗种子,培育了迷你的海岸线。
到处是妙龄的蝴蝶,在寻觅前世的高山流水……

枫叶出嫁的季节

从芦笋和茭白说不清的关系里，
我在莲藕的摇篮晃动下，看到不再疲惫的逶迤。
天鹅，在此悠闲地定居。
西湖勉强地接受，还珠表妹的事实。
如果说，鳏居多年的孤山，偶尔萌生走亲戚的冲动；
那么，草木也间或有着审美的初心。
像枫叶，在出嫁的季节，涂上天然的口红；
像下凡的雪花，悄然无声地品茗，一湖碧波的龙井。
风，幻想着有朝一日，从单数变成复数。
卧虹桥，天生拱形的成人之美。

在青山绿水间,挥毫弄墨的是大自然和它的婴儿……

江南民俗　　经典，总是迟缓地移动

云上诗情

顿时,觉得衣袖飘了起来

乘着石头里的风
吹散,牧笛中的雪
三月,边喜边忧
多像,照片中记忆的童年
一半陌生,一半熟识

桃花渡,桃花劫
我是,渔夫手中一根伸不到底的
长竿
谁在山水之间
划着,小心翼翼的闪电

烟花散尽,江南步入洞房
杏花的盖头之下
是哪一张,娇滴的画卷
推杯换盏之后,半生的飘摇
憩息
一页绿色的静悄悄

菊花残,南山伤

落花雨,睡在山水间。
星星,今晚有空么?可否,听古筝撩开宋词的面纱。

一曲红绡,缠在薄幸的腰间。青楼在眺望,千帆过尽,肠断白苹洲。

红颜易老,春红难驻,几杯残酒共忧伤;
举起黄昏的脚步,被风吹乱……

江 南 物 语

Jiangnan the Hybird

Every Tree and Bush is an Article

一草一木，皆文章

婴儿的梵音 94

亭亭玉立的灵感

青苔般的时光，出嫁。
恹睡的、解带的花儿，深锁闺房。
出窍的炊烟，袅袅一个丛林的图腾。
不离的荒草，沾亲带故。

穿透遗憾的风，翻阅一树树
勾肩搭背的往事。
小炉红泥，一杯一杯的冬天正
酣畅淋漓。
枯河，弯着它的瘦指，喊出
对春的依恋。
翩然而下的落叶，一片片
融化在迷茫的碎语。

跨越过门的马蹄，迈向
周而复始的变迁。
这滑动解锁的等待，这
喷薄欲出的倾诉！你，还是你，终
是我
青花瓷一样的归宿！
允许我，聆听你垂帘听政的幽怨……

我是这样时时游荡在江南

一

肯定是甜的：风、水与人的微笑，稻田和四季思春的青山也不例外。
我没有腰缠十万贯，骑鹤的人也一去不复返。
白鹤，也懂得择木而栖。
一片阔别北国的云，带我飘至传说中之温柔乡。
难置信：仪仗队般的农家院，稍息成错落有致的白墙黛瓦。
一条江，划分了豪放和婉约。
在步入江南水乡之前，我没有准备水鞋和天堂伞。
我确信，那双征服过太行山脉的草鞋与一身来自首都的雾霾，
足以踏平吴侬软语的涟漪并承受梅雨的千百次检阅。

二

我是弯腰走进江南大地的。
原谅我，作为一个文人的缺乏气节。
屋顶的蓝天白云，远不及脚下的繁华来得踏实。
不需更新的空气和路旁指指点点的香樟树，让每一个游子充满了好奇。
当魂不守舍的蝴蝶和蜜蜂，在油菜花上下塌。
三月的扫黄，就变成了一句空话。
大自然的警察，似乎更愿意促成两情相悦的美满。

三

我的梦被钱塘江冲走。
被冲走的，还有昂首挺胸的咆哮。
当土豪的钱塘江，开着劳斯莱斯，从我身边平静驶过的时候，
信用卡中的现金流，显得如此的微不足道。
与生俱来的阔绰，挥金如土的气度，让我这一个外来妹顿生跪拜的崇敬。
只是，他无私无畏地将毕生积蓄，捐献给大海。
难道，仅留下莫名其妙的火爆脾气，溅湿粉丝一族的卑微么？

那些，青翠的记忆，
总是这样一丝不苟地缠绕着，斑驳陆离的过去……

小草颂
—— 一支纤笔，写春秋……

姓小，也姓青

天生的四季总监
随手书就的春夏秋，直至
潦草出寒冬的
面膜

循着弯曲的雷声，钻出
催工的惊蛰

任凭三月的小雨，洗涮
破土的追寻和翠绿的
离愁

粒粒晶莹的珍珠，在你
超薄的琴键上
一目十行

不羡慕，桃花开出
粉红的波澜
不伤感，胭脂泪流走
人生的长江大河

俯首，甘与蕨类植物
为伍
昂首，笑看千年榕树
低头

侥幸，被文豪狼吞虎咽
只留下寸功未立的
牛奶和血……

▶▶▶

朴素的民谣　平凡的心曲

朴素的民谣

神啊,请让我穿上朴素的衣服,靠近你。
如果,我不心碰伤你的虫鸣,请让我轻轻把它扶起,用清白的吻。
尽管夜是漆黑的,你的目光,闭上又睁开。
像乌云,遮住了月光的路,又默默地离开。
忧伤的灯,是沉重的。你不要一直把它举在手中。
把它放在一朵花瓣的岸上,让芬芳的艺人,弹奏着它远行。
你看那记忆的废墟上,又有蓝色的莲花,缓缓走来。
你可,熟悉那朦胧而又热烈的钟声?
道路的琴弦,开始吟出平静的歌。
睡去吧,尽管小山,挡住了留言的去路,它终会默默地离开。

▶▶▶

平凡的心曲

皱纹,变成翅膀了。
谁还,依旧是慈祥的天使?
伊的中指,还戴着纯银的誓言。
为映山红,做开放的向导。

柴门和铁锁还健在,你就不会离开我的心房。
你还会,月下推着碾子。
推着,沉重而又轻松的岁月。
推着,自己雪白的心事。

那种朴素,就像流水,在收藏自己长征的足迹。
蓦然相识,又一生难忘。

江南花絮　　一花，一世界

107

桃花的使命

开放,并不是桃花的使命。
正像,娇艳的四月
为的是,十月结出硕果。
为的是,把清纯的风暴,关进句号。

望乡台,是异域的重阳。
孟婆,正在用"遗忘"的热汤,
为走失的茱萸,加冕;
替风中的少女,请命。
眼镜,不会近视。

◆

最黑的路上,走来一个新词。
走来,一根灰色的木柴。
它心中的煤矿,被——
失望,倔强地引燃。

蜷缩的冬天,瞬间
意气风发。仿佛,
桃花在——
粉红色的酥胸上,纹上遗言。
吉祥的雪松,发来
春风,出发的微信。

◆

抱着落英,抱着重叠的风景,
在红色的泥土,沉睡。
我仅能做的是——
用枞树,炒菜;
折槭树,煲汤;
拼凑香蜂草、犁头草的枝叶,
拌出唤魂的素什锦。

也会像,摒弃呼吸的血液,
高举菖蒲的香烛。
扶着你,洒落一地的灵感
一起,步入红尘的塔楼。

若菩萨,有我相、人相、众生相、寿者相,则非菩萨

——《金刚经》

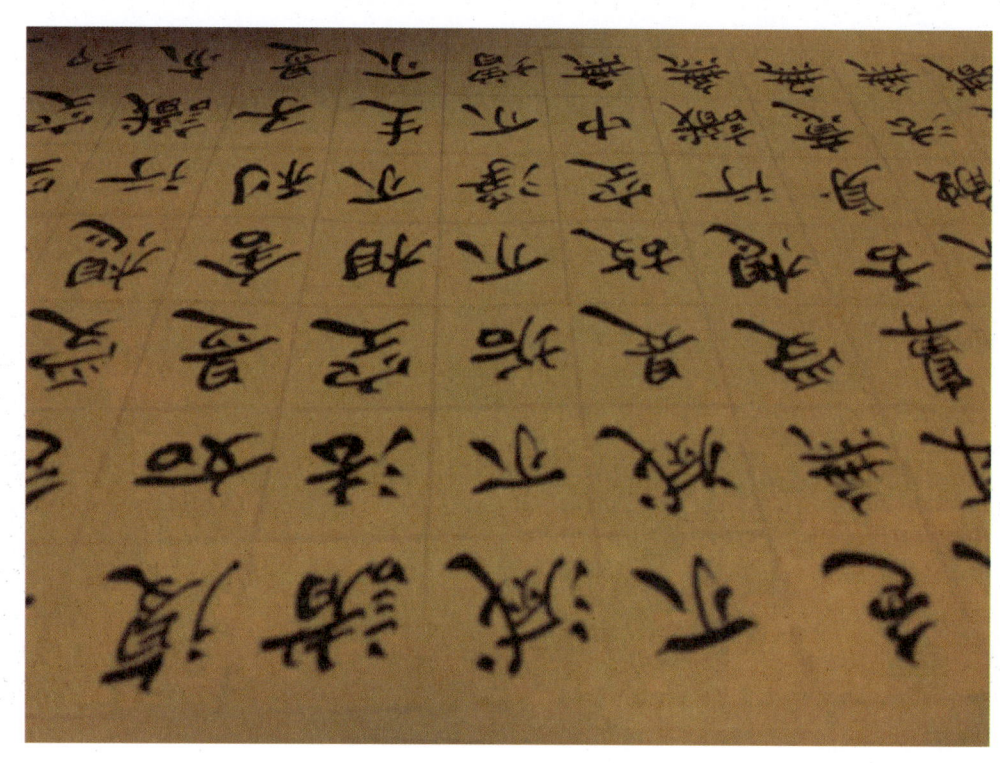

人生，是一本倒写的书

你是六月，我是六日

关闭春天。
从初夏，古筝弹亮的清水中，抽取一根细长的雨线。
有些松散的思念，束一束，裹入黏在一起的情诗。
一只甜腻的祝福，就在端午树茂密的阴影下，踏水而来。
踏水而来的6月6日，云，升堂得很早。
十指的祈祷也托起了，黑暗中沐浴过的朝阳。
调皮的乌桕叶，跳入湖中，寻找那张向往已久的云影雪床。
泪笑了，风还在，栎树的碎语间穿梭。
蓄满了春江的两朵莲花，就这样并蒂而开。
那白的莲花，端庄得像六月的风，七月的雨，展翅不扬的现在。
那粉的莲花，稚嫩得像低头的蒹葭，洗净的童话，弯弯曲曲的前世。
夜色，迈着闲步走来。他乌黑的面庞上，露出月牙。
两脉脉，相视一笑。
湿漉漉的草坪上，一对，散发着暗香的书页，被岁月翻来翻去。

▶▶▶

跟在一朵花的后面

跟在一朵花的后面。
不必担心,她的开放,是否领取了营业执照?
或者,生意兴隆的果园,该由哪只分管的蜻蜓年检?
一朵花,是一盏照亮季节的灯,一块散发着清香的钟表。
一朵花,握不住伤害绿叶的石头,却藏得下,无数寂寞等待的森林。
初春时节,发烧的雨点,常拉起睡意朦胧的清晨,手挽手扑入大地的怀中。
循着由蜜蜂导游的羊肠小径,悄悄地探秘,她DIY的闺房与不时更新的微博。
把生锈了的春天,从蚕丝的雪山中抽出,顺着晚风的瀑布,洒向你的回眸一笑。
惆怅展翅高飞,你的诗篇与时变迁。
黑夜在尖叫,星星正枯萎。
跟在一朵花的后面,做一个活色生香的粉丝。

江南信步
白雨随心，翻作浪

小雨，我背着你

小雨，我背着你。
像，背着一个如果。有时，又像背着一个，大海的童年。
抽泣的黄昏，在梧桐叶的餐桌上，品尝从宋词中溅出来的黄藤酒。
用烛光，搜集一帘帘，被花儿吵醒了的幽梦。
把深夜翻过来，月亮和太阳能否，如愿邂逅？
风，为了谁而失眠，在深巷苦苦等待，哪一把散着丁香的雨伞呢？
低调的美声，不小心，触动了日历的泪腺。
小雨，我背着你，忧郁的小雨。
就像，背着一个或者。

▶▶▶

给月光，理发

给月光，理发。
偶尔，会落下几根仿佛或鸟影。
还有一阵江南雨，夹杂在丝竹的节拍中间，迈开正步。
一缕吹醒芦苇的西北风，把故乡的童谣喝得，东倒西歪。
你的笔尖下，星星闪烁，黎明化作了乡愁与露水。
向东，再向东。
就可以，牵到你的手，和你手腕上缠绕的春天。

为 你 而 来

只为，五百年前的那次回眸

Come for You

Just for the Looking-back Five Hundred Years Ago

为你而来

仅仅四个字，雨点的头发
就散了

燕尾剪碎的心情，轻吻涟漪的风
这些，都被樱花
一一看在眼里

如果，富士山下的女佣
突然懂得了
梳洗打扮

是不是，果真有
骑着白马的诗句

打三月的左岸
驰骋而过？

▶▶▶

拍摄于龙游民居苑,感谢龙游如意风旗袍旗舰店友情支持

梦如雪，发泣露，天使在人间

有人说，你的白裙，是小瀑布迷你而成。
于是，我在你的身后，看到半湖蓝灰相间的表情。

一只天鹅，在流光中，起舞。
风，沾着雪魂的素指，轻轻一推，三月吱然而开。
门，没有来；我的羞涩，离她很远。

都说诗歌的隔壁，有一双看透魂灵的眼睛，需要豆瓣绿的暗香，才能向她横渡。
在黄昏的微风，吹乱柳绪的刹那，我看到一个飘着雨丝的少女，像樱花伫立。
如此安静，薄雾一层层漫上青石板的甬路。小路，渺向回忆的起点。

每次，你洒向红尘的烟火，我屏息等待的前奏，都虔诚着瓶装的透明。
你说，最温暖的友情，都是用水做成的，包括邂逅的欢乐。
于是，我总在季节的小舟畔，轻踏海天一色的柔细浪漫，寻觅涟漪起伏。

今夜，你在何处入梦？会不会有霏雨的千嶂，迟滞着你的思念？
不妨，只要你知道我在倾听；而你，其实也非常魂醉。

两只相爱的鸟儿，会因为离别而更加渴望。因为渴望，而难舍难分。
没有人懂，不需要懂，就像三文鱼听懂了翠鸟的情歌，而默默下沉。
你看，星星的萤火虫飞满天空，你该在跋涉而来的途中了吧？
看着你闭着眼睛，从文字中飞来，你的忧伤是不是也闭着双眸？

阳光下，你鲜有绽现。你说快乐时，或许不是我最好的伙伴。
轩窗外，风铃在轻声歌唱。在唱着一个人，或者两个人的名字。
最好的朋友，千里之外，迢迢而来，只为这片刻的相遇。
片刻的，让疲惫的心跳超速，沐浴雪花，然后冬眠。

江 南 穿 越
游人，只合江南老

▶▶▶

小草,是江南的软件

小草,是江南的软件。
园林,是硬件。
二十四桥明月下的流水,碧波出弯曲的导线。
铜驼、燕子矶、乌衣巷,这些个小学的同学,如今都散落在键盘的哪个角落?
纳兰词中的胆瓶梅,似乎又增加了无眠的笔画。
你,迷人的谢娘啊!
兴高采烈地唤醒了芨芨草,又马不停蹄地电到了风雨兰。
这个春天,注定是个多情的秋。

乌篷船，是始终不肯上岸的绍兴醉汉

风，吹过鉴湖以后。
就沉睡在轩亭口。
乌篷船，是始终不肯上岸的绍兴醉汉，把小桥流水，摇成乌毡帽牵挂的吴侬软语。
夜色走进酒盅，你，就跟在伤痛的背后。
香樟树下的素面旗袍，让月光跳乱了节奏。
把寒山寺的鼾声，一一抚平吧！
不要惊醒了，少女唇间，正在含苞的须眉梦。

◆

孤独，是纯净的……

孤独，是纯净的。
沈园的菊枕和兰亭的曲水流觞，也是纯净的。
就像南宋的遗诗，密密麻麻打湿了，昨晚博客的窗户。
小桥的疑问，也是纯净的。
夜宿皇甫庄村，总有一些莫名的感慨，在弹奏着，漫步包公殿的月光。
梦，是黑色的。
风的手套，也是黑色的。
它们互相问候，小心地碾着墨。
把那些深情在宣纸上，行草成，化蝶的夙愿。

花无梦　泪伴雨

清明，一首诗把另一首诗淋湿。
穿黑风衣的括号在轻泣。
省略号，清晰听到路过的玻璃，碎裂的声音，一、二……
三尺长的思念，足以让人窒息。
而今夜，江北，月华如银练，不知丝路漫有几许？
无法给清明一个灿烂的理由。
也没有一把伞，足以遮住半个江南。
于是，你赶走了心爱的牧童，绕过向往已久的桃花坞。
你说，断魂的酒杯不再需要，诗歌的呵护和牵手。
一片会唱歌的梨花，黯然离去。
春天的视力就下降了。
那就给四月，上一把防盗锁吧！
从此，花无梦，泪伴雨。

▶▶▶

江南，石头和酒

Jiangnan、Stone and The Sweet Booze

The Soft and the Hard

柔软&坚硬

一块石头的愿望

一块石头,忽然有了愿望。
长征的愿望,四渡赤水的愿望。
把整个秋天,戴在头上的愿望。

不拍摄千篇一律的写真,也不青睐和尚、尼姑的俗家身份。
听凭,青山褪下他的军大衣。漫山遍野的战士,拟将解甲归田。
杜甫,重新为茅草的失联,而心痛不已。

曾是开天辟地的第一声号子,也有过怡红公子,垂挂胸前的过人荣耀。
梁山好汉,为你重举义旗;齐天大圣,500年后,因你而奋起千钧。
在莫高窟,你铺斑驳的壁纸;在天安门广场,你立传世的丰碑。

要燃,就点燃精卫填海的豪气;要唤,就唤起愚公移山的斗志。
欲碎,就碎出一地的子孙;欲聚,就聚成绵亘百里的太行。
你看,多少兵马俑,守卫着中华民族的精神家园?
你看,多少残垣断墙,散乱着裸露的耻辱?

一块石头,不再沉默。
50年内,必有王石生。

▶▶▶

▶▶▶

醉在,女儿红

一小杯女儿红,装着一个小绍兴。
你,回眸一笑。
刚刚躺下的鉴湖水,就开始心神荡漾。

须洒上未婚的浙江梅雨,用原创的三亩田糯米酿制。
你看,那纤纤玉指抱着的青花瓷坛,多像一件精致合体的旗袍。
紧裹着,埋藏了18年的少女羞涩。

当红红的灯笼,悬挂起红红的喜悦;灰墙黛瓦,就披上了红红的盖头。
红红的花轿子,迎来了,红红火火的吹吹打打。
被小月光,暗恋过的西湖莲子。
寂静,在上虞的桂花树下发芽,变成水和橙色的甘露,流向欢乐的眼睛和心头。

三杯女儿红,醉倒了三个至亲的男人。

说 不 尽 的 江 南

天空，用雨水鼓掌

————

You Will Never know the Best of the South

The Sky, Clap with the Rain

把春天捐出去
每年捐一次

把春天，捐给尚在单身的中年兰花
捐给常晒阳光、偶尔下雪的
牙齿

把春天，捐给
渴望纯棉爱情的淑女
想在自己身上挖出一口池塘的
诗人

把春天，捐给花的孩子
捐给
忧伤的键盘，思念的入海口
把春天，捐给
你嘴角的高原，辫子深处的江南

捐出多少，就拥有多少
你看，如今我的小手里，已经攥紧了
365个春天

走向翅膀,走向风

走向翅膀,走向风
走向打劫的眼睛
隐士的虫

四月的风,散发着
樱花的体香,应合着
桃李的欢唱,依偎着游人的
醉意

细雨,梳理拔节的思量

柳梢和黄昏,因秋波而忙
值夜班的圆脸婆,准时
到梢头端坐
春草,一条条,在蛙声中
流淌

我的诗歌迷乱,手持一把把
利箭,寻找心慌的猎人
暗恋的风, 缠绕起
绿梦的手掌;怀乡的布
密织,油菜花的惆怅

走向四月,走向风
走向结发的寓言
山地的鬃

横平竖直的爱情

岩石的围裙,都磨得
发亮了

油壁车,和青骢马
两小无猜

弯腰插秧的女人,把
绿色的阳光
植入自己的心田

住在,青山的心坎
却渴望一次江上
莫名的漂流

翠竹,整日沉默不语
自是,浊世莲芬
声播千里……

摄 影：李晓明

▶▶▶

天边的绿荫

说着，说着，鼠标就搬出了梯子。
搬出，雇佣了水晶的石榴和开始攀援的红丝草。
夏夜，还在簟席上，做着渐凉的倦梦。
枫叶的赤卫队，已打算巡视，红旗招展的领地。
灌木丛中，吹来的风啊，摇曳着鬓边的芦花。
乌云，变成冲上天空的钱塘江潮水。
昨夜的柔情，跨上了骏马，追寻醉卧天边的绿荫。

🌹 心连心

真爱，在梦中
被月亮唤醒

爱，和美在同一屋檐下
汇聚成
潺潺小溪，不停地
向你流淌

透过，窄窄的心门
我，看到你
变幻万千的气象

指连心
不紧扣

▶▶▶

著 者：王　雷

笔　名：紫气婴儿

图书在版编目（CIP）数据

婴儿的梵音 / 王雷著. — 北京：中国戏剧出版社，2017.5
ISBN 978-7-104-04484-0

Ⅰ.①婴… Ⅱ.①王… Ⅲ.①诗集－中国－当代 Ⅳ.①I227

中国版本图书馆CIP数据核字(2017)第028629号

婴儿的梵音

责任编辑：武　云
美术编辑：娜仁高娃
项目统筹：赵成伟
责任印制：冯志强
校　　对：张　颖
摄　　影：李晓明

出版发行：中国戏剧出版社
出 版 人：樊国宾
社　　址：北京市西城区天宁寺前街2号国家音乐产业基地L座
邮　　编：100055
网　　址：www.theatrebook.cn
电　　话：010-63381560（发行部）　010-63385980（总编室）
传　　真：010-63383910（发行部）

读者服务：010-63387810
邮购地址：北京市西城区天宁寺前街2号国家音乐产业基地L座

印　　刷：北京博海升彩色印刷有限公司
开　　本：889mm×1194mm　1 / 16
印　　张：10.5
字　　数：12千字
版　　次：2017年5月　北京第1版第1次印刷
书　　号：ISBN 978-7-104-04484-0
定　　价：58.00元

版权专有，违者必究；如有质量问题，请与出版社联系调换。